9 Mars 1882 V

Vente du Jeudi 9 Mars 1882

HOTEL DROUOT, SALLE N° 7

A DEUX HEURES

FAÏENCES FRANÇAISES

PORCELAINES DE LA CHINE

VERRERIE. PLAQUÉ, CUIVRES, BRONZES

MEUBLES ANCIENS

TAPISSERIES

Appartenant à M. X***

EXPOSITION PUBLIQUE

Le Mercredi 8 Mars 1882, de une heure et demie à cinq heures et demie

M° ESCRIBE	M. A. BLOCHE
COMMIS^{re}-PRISEUR	EXPERT
rue de Hanovre, n° 6	rue Laffitte, n° 44

PARIS — 1882

Vᵉ RENOU, MAULDE et COCK

IMPRIMEURS DE LA COMPAGNIE DES COMMISSAIRES-PRISEURS

Rue de Rivoli, 144.

CATALOGUE

DE

FAÏENCES FRANÇAISES

PORCELAINES DE LA CHINE

VERRERIE, PLAQUÉ, CUIVRES, BRONZES

MEUBLES ANCIENS

TAPISSERIES

Appartenant à M. X'''

ET DONT LA VENTE AUX ENCHÈRES PUBLIQUES AURA LIEU

HOTEL DROUOT, SALLE n° 7

Le Jeudi 9 Mars 1882

À DEUX HEURES

Mᵉ ESCRIBE	**M. A. BLOCHE**
COMMISSᵗᵉ-PRISEUR	EXPERT
Rue de Hanovre, n° 6	Rue Laffitte, n° 44

CHEZ LESQUELS SE DISTRIBUE LE CATALOGUE

EXPOSITION PUBLIQUE

Le Mercredi 8 Mars 1882, de une heure et demie à cinq heures et demie

PARIS — 1882

CONDITIONS DE LA VENTE

—

Elle aura lieu au comptant.

Les Adjudicataires paieront CINQ POUR CENT, en sus des adjudications, applicables aux frais.

Aucune réclamation ne sera admise une fois l'adjudication prononcée.

DÉSIGNATION

MEUBLES

1 — Beau Cabinet hispano-arabe, décor en polychrome, blanc et or, orné d'appliques en cuivre repercé, serrure à clocheton. Posé sur un meuble à tiroirs en bois sculpté.

2 — Deux Fauteuils en bois sculpté couverts en soierie brochée, époque Louis XIV.

3 — Beau Meuble chinois en bois sculpté, richement décoré de figures, de fleurs et de feuillages finement sculptés.

4 — Beau Coffre gothique en bois sculpté, offrant, sur le devant, quatre figures de saints sous des arceaux. Accompagné d'une belle applique de serrure en fer ajouré avec figurines allégoriques.

5 — Beau Palanquin en laque du Japon, fond noir, à rehauts d'or, décoré à l'intérieur.

6 — Horloge en bois sculpté et marqueté, époque Louis XIV.

7 — Brazéro en bronze, partie dorée, époque Empire.

8 — Quatre Chaises en marqueterie hollandaise Louis XV.

9 — Horloge en ancienne laque de la Chine, fond vert; riche décor à personnages à rehauts d'or.

10 — Glace avec cadre en bois sculpté et rehaussé d'or Louis XIII.

11 — Glace biseautée, avec cadre en bois orné d'applications de cuivre Louis XIII.

12 — Chiffonnier en bois rose et palissandre, orné de bronzes Louis XVI.

13 — Petit Meuble, vitré dans la partie supérieure, en bois sculpté, orné de colonnettes cannelées Louis XIII.

14 — Petit Coffre en bois sculpté Louis XIV.

15 — Console Louis XVI en acajou, avec galerie en cuivre.

16 — Deux Étagères d'encoignures Louis XVI.

17 — Commode de poupée en bois sculpté Louis XIV.

18 — Cabinet en laque du Japon, avec garniture étamée et gravée.

19 — Chaise Louis XIII en noyer, couverte en soierie verte à fleurs.

20 — Petit Chiffonnier orné de marqueterie d'étain.

21 — Tabouret Louis XIII, couvert en velours et tapisserie.

22 — Deux Chaises Louis XIII, à pieds tors, couvertes en peluche marron.

23 — Commode de poupée en noyer, avec appliques en cuivre Louis XIV.

24 — Étagère en palissandre.

25 — Commode en noyer Louis XIV.

26 — Étagère en laque, fond roug. rehaussée d'or.

27 — Écran en noyer.

28 — Commode de poupée en bois sculpté Louis XIV.

29 — Encoignure en acajou, ornée de bronzes Louis XVI.

30 — Petite Armoire vitrée à deux battants, en noyer Louis XIV.

31 — Deux Bois de siéges Louis XIV.

32 — Meuble à deux corps en bois sculpté, orné d'incrustations Louis XIII.

33 — Dessus de Table en bois gravé Louis XIII.

34 — Petite Banquette style Louis XIII.

35 — Meuble d'appui, forme demi-lune, en noyer et marqueterie.

36 — Servante à pied tors Louis XIII.

37 — Jardinière en acajou Empire.

38 — Petit Meuble vitré. pieds en bois sculpté Louis XIV.

39 — Deux petites Servantes en acajou et noyer.

40 — Petite Commode de poupée en laque, fond noir
et rehauts d'or.

41 — Trépied en fer Louis XIII.

42 — Deux Appliques à trois lumières en bronze.

43 — Glace avec cadre à fronton orné de cuivre
Louis XIII.

44 — Glace avec cadre appliqué de feuille d'argent
Louis XIII.

45 — Toilette en laque rouge rehaussée d'or.

46 — Glace biseautée avec cadre en noyer.

FAIENCES, PORCELAINES

47 — Grand Plat à contours de Rouen; décor polychrome à oiseaux et fleurs.

48 — Plat ovale, à godrons, de Nevers; décor à fleurs en
bleu.

49 — Plat de Savone; décor en camaïeu bleu.

50 — Cinq Compotiers de Delft, polychromes.

51 — Deux Assiettes de Rouen, polychromes; décor
oiseaux, dragons et fleurs.

52 — Plat de Rouen à quatre pans, angles cintrés ;
décor à rosaces en bleu.

53 — Deux Saucières de Milan en polychrome.

54 — Suite de Tasses et Soucoupes en vieux Chine et
vieux Japon.

55 — Assiettes et Compotiers en vieux Chine et vieux
Japon.

56 — Deux Bouteilles de Delft : décor bleu sur blanc.

57 — Deux Vases des Abruzzes, anses à cariatides.

58 — Deux Vases de Milan ; décor à fleurs.

59 — Deux Vases et deux Cornets de Delft : décor bleu.

60 — Pichet forme buveur ; décor polychrome.

61 — Deux Soupières de Strasbourg, à fleurs.

62 — Deux Saucières de Strasbourg, à fleurs.

63 — Jardinière de Nevers : décor en bleu.

64 — Jardinière de Nevers : décor polychrome.

65 — Sucrier avec plateau de Strasbourg, à fleurs.

66 — Deux Saladiers de Strasbourg, à fleurs.

67 — Tire-Lire en Nevers : décor bleu.

68 — Deux Jardinières-Bouquetières de Nevers : décor
polychrome.

69 — Deux petites Jardinières de Strasbourg, à fleurs.

70 — Suite de petites Pièces de forme en faïences diverses (Sera divisé).

71 — Plats et Assiettes de Strasbourg.

72 — Deux Plats à barbe de Rouen.

73 — Pichet de Rouen polychrome.

74 — Potiche de la Chine en bleu sur blanc.

75 — Vase de la Chine ; décor bleu sur blanc.

76 — Théière en porcelaine à la reine ; décor à fleurs.

77 — Pichet de Rouen polychrome.

78 — Boîte à thé de Nevers ; décor bleu sur blanc.

79 — Petite Bouteille de la Chine ; décor en bleu.

80 — Deux Saucières de Strasbourg, à fleurs.

81 — Bassin et Fontaine de Rouen polychrome.

82 — Bouquetière de Strasbourg, au chinois.

83 — Écuelle de Marseille, forme feuille de chou.

84 — Pichet de Rouen polychrome.

85 — Deux Petits Pichets de Nevers en bleu sur blanc.

86 — Petite Vache de Delft.

87 — Deux petites Jardinières de Nevers, forme octogone.

88 — Deux Plats oblongs de Rouen; décor bleu sur
   blanc.

89 — Plat à contours de Rouen; décor polychrome.

90 — Plat oblong de Rouen; décor polychrome.

91 — Jardinière, avec couvercle à bouquetière, de
   Nevers, à fleurs polychromes.

92 — Porte-Huilier, avec ses burettes, de Strasbourg,
   à fleurs.

93 — Saladier de Rouen; décor à fleurs polychromes.

94 — Petit Vase de Nevers; décor bleu.

95 — Salières, Encriers et Coupes à épices en faïences
   de Rouen et de Nevers.

96 — Deux Compotiers de Strasbourg, à figures.

97 — Cornet de Strasbourg.

98 — Suite de Plats et Assiettes en faïences de Rouen,
   Marseille, Nevers et autres.

99 — Plats de Delft; décors variés.

100 — Deux Potiches, forme boule de Chine craquelée,
   décorées de chevaux.

101 — Plat de Delft polychrome; décor au chinois.

102 — Fontaine de Rouen; décor en bleu sur blanc.

VERRERIE, PLAQUÉ, ÉTAIN
CUIVRES

103 — Porte-Huilier en plaqué Louis XVI.

104 — Cafetière en plaqué Empire.

105 — Deux Bouts-de-Table en cuivre argenté.

106 — Chaufferette en cuivre Louis XIII.

107 — Plat en cuivre octogone Louis XIII.

108 — Quinze Flambeaux, de formes diverses, en cuivre.

109 — Écuelle en étain Louis XIV.

110 — Trois autres Écuelles en étain.

111 — Cafetière en étain Louis XV.

112 — Huiliers, Carafes, Verre et Pièces de forme en verrerie ancienne.

113 — Plat en cuivre repoussé, décoré de personnages au centre et d'arabesques sur les bords.

114 — Deux Flambeaux en verre de Bohême.

115 — Objets divers non catalogués.

TAPISSERIES

116 — Trois Portières en tapisserie verdure et peluche marron.

117 — Bandeaux analogues.

118 — Deux Portières en tapisserie verdure.

119 — Autre Portière, avec bordure à fleurs.

120 — Portière en tapisserie verdure, bordure à fleurs.

121 — Bandeau fond rouge, avec fleurs et ornements en broderie blanche.

122 — Lot de Morceaux de tapisserie.

123 — Tapisserie de la Renaissance, à personnages, avec sa bordure.

124 — Tapisserie à personnages, sujets galants tirés de l'histoire de la chevalerie; bordure à guirlandes de fruits, XVIe siècle.

125 — Tapisserie représentant des chevaliers en armure, bordure à attributs et inscriptions, XVIe siècle.

126 — Tapisserie verdure, avec sa bordure.

127 — Trois Morceaux de tapisserie verdure.

128 — Tapisserie verdure, avec bordure.

V° Renou, Maulde et Cock, impr⁵ de la Compagnie des Commissaires Priseurs, rue de Rivoli, 144.   26174

RED. :

20

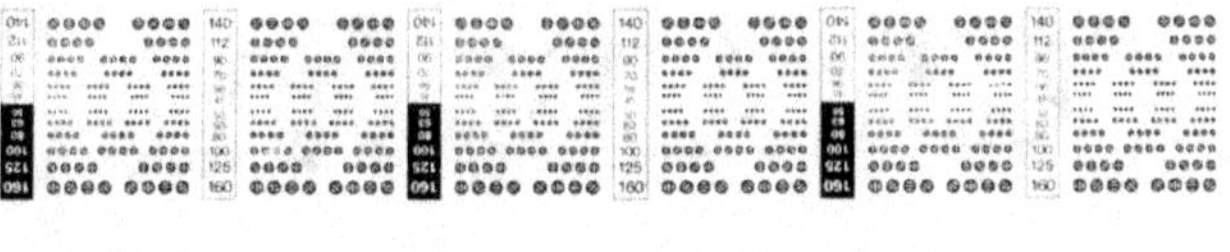

MIRE ISO N° 1
NF Z 43-001
AFNOR
Cedex 7 - 92080 PARIS-LA-DEFENSE
graphicom
0 1 2 3 4 5 6 7 8 9 10